KB125885

To. _____

From. _____

DISNEP

FROZEN II

네가 따뜻하다면,
나는 녹아도 좋아

정인성 저

samho ETM

Contents

Prologue

———

디즈니와 픽사 애니메이션이 개봉하면 영화관으로 달려가 챙겨보는 편입니다. 오히려 어렸을 때보다 더 기대하는 마음으로 갑니다. 나이를 먹으니 알겠더군요. 디즈니 애니메이션은 어른이 되어 보는 것이 더 재밌다는 사실 말입니다.

마침 디즈니에서 매력 넘치는 캐릭터가 탄생했습니다. 주인공도 아니면서 때로는 주인공보다 존재감을 드러내는, 긍정과 배려의 아이콘 올라프입니다. 영화 「겨울왕국」에서 처음 올라프를 봤을 때 충격받았던 기억이 납니다. 아니, 어떻게 눈사람이 여름을 좋아할 수 있지? 하고요. 발상의 전환뿐 아니라 위트가 넘치는 대사 그리고 자신을 희생하면서까지 상대방을 위하는 마음 모두 인상 깊었습니다. 올라프를 보기 위해 영화관에 한 번 더 가고, 심지어 굿즈까지 살까 고민했으니 오죽 마음에 들었나 봅니다.

올해 봄을 맞이해 두 편을 연달아 다시 봤습니다. 이전에는 마냥 즐기는 마음으로 봤다면, 이번에는 분석하는 마음가짐을 더했습니다. 그중에서도 올라프가 등장하는 모든 장면은 표정 변화조차 면밀히 살펴봤죠. 책은 네 부분의 챕터로 이뤄졌습니다. 각각의 주제에 맞게 올라프가 세상을 바라보는 시선을 담고자 했습니다. 원작과 직관적으로 연결되는 부분이 있고, 약간의 상상이 더해진 부분도 있을 겁니다. 어쨌든 변함없는 건 올라프는 따스한 포옹을 좋아한다는 사실입니다.

독서를 통해 누릴 수 있는 경험이 점점 다변화되고 있습니다. 시각에 그치지 않고 다른 감각을 함께 사용하는 감각의 전이가 이뤄지기도 합니다. 제가 운영하는 책바는 책과 술의 공감각을 구현하는 공간입니다. 소설을 읽으며 그 안에 등장하는 술을 마시고 음악까지 듣는 근사한 경험을 할 수 있습니다. 그때는 마치 책 속의 주인공이 된 듯한 기분이 들지도 모릅니다. 이 책을 통해서는 시각과 청각을 함께 사용하는 독서 경험을 전달하고자 합니다. 책을 쓰게 된 이유도 올라프를 향한 애정뿐 아니라 새로운 방향성에 호기심이 있었기 때문입니다. 각 주제에 맞게 편곡된 음악과 함께 책을 읽는다면 더욱 풍성한 경험이 되리라 생각합니다.

계절을 아우르는 따뜻한 시간이 되시길 바라며.

QR코드 설명

이 책은 4개의 챕터마다 QR코드가 수록되어 있습니다. 영화 「겨울왕국」, 「겨울왕국2」의 OST 중 가장 인기 있는 8곡을 하나의 메들리로 묶어 각 챕터의 주제와 어울리게끔 재즈 피아노의 선율로 편곡하였습니다. 책을 읽을 때 음악을 함께 감상해 주세요. 편안히 귀 기울여보면 어느새 색다른 올라프의 매력에 빠져들 거예요.

「겨울왕국」 OST	「겨울왕국2」 OST
Do You Want To Build A Snowman?	Some Things Never Change
Love Is An Open Door	Into The Unknown
Let It Go	When I Am Older
In Summer	Show Yourself

Chapter 1
가볍고 밝은 느낌
[보사노바, 왈츠]

Chapter 2
빠르고 리드미컬한 느낌
[라틴]

Chapter 3
차분하고 서정적인 느낌
[발라드]

Chapter 4
신나고 경쾌한 느낌
[펑키, 스윙]

올라프와 친구들

올라프

세상 모든 일들이 신기하고 재미있는,

여름을 좋아하는 아주 귀여운 눈사람

엘사

신비한 마법의 힘으로

올라프를 만들어 낸 아렌델 왕국의 여왕

안나

밝고 긍정적인

아렌델 왕국의 공주이자 엘사의 동생

크리스토프

안나의 곁을 지키는 든든한 조력자

스벤

크리스토프의 믿음직하고 충실한 친구

안녕, 모두들. 난 올라프야. 그리고 난 따스한 포옹을 좋아하지!
Hi, everyone. I'm Olaf. And I like warm hugs!

- 영화 「겨울왕국」 중에서 -

음악과 함께
읽어 보세요!

Chapter 1

____

새로운 세상은
의외로 가까운 곳에 있어요

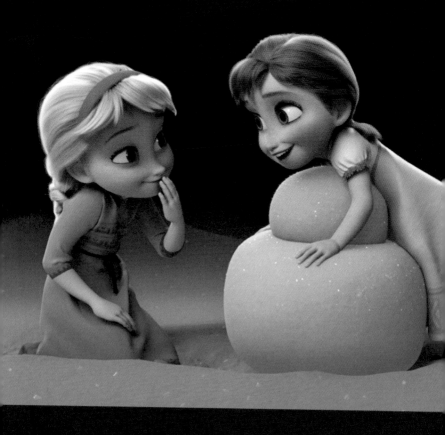

사랑하는 사람이 있다면 무엇이든지 함께 만들어 보세요.
결과의 기쁨을 나눌 수 있을 뿐 아니라,
함께했다는 과정 자체에도 의미가 있기 때문이죠.
반드시 대단한 결과물이 나올 필요는 없습니다.
단지 같은 방향을 바라보며 시간을 보내게 된다면,
어느새 마음까지 나누는 사이가 될 것입니다.

#함께만들고기쁨을나누세요

낯선 사람을 만나면 누구나 긴장합니다. 어떤 말을 꺼내야 할지 고민되고, 자신도 모르게 얼굴이 굳어 버리기도 하죠. 그럴 때는 의식적으로라도 미소를 지어 보세요. 누군가의 미소를 보면 기분이 좋아지듯이, 분명 내 미소도 그 역할을 해낼 겁니다. 어색할 것 같다고요? 확실한 사실은 할수록 늘어난다는 겁니다!

#알고보면나도미소천사

우린 그저 사랑에는 힘이 있다고 말하는 거예요.
We're only saying that love's a force.

아주 강력하면서도 신비롭죠.
That's powerful and strange.

약간의 사랑만 있으면 최고의 결과를 만들어 갈 수 있어요.
Throw a little love their way and you'll bring out their best.

진정한 사랑은 최고의 결과를 가져다준다는 걸.
True love brings out their best.

– 겨울왕국 OST < Fixer Upper > 중에서 –

다양하게 활용할 수 있는 스마트 워치에서 가장 만족하는 기능은 의외로 단순한 겁니다. 바로 심호흡인데요. 앱을 실행한 뒤 잠시 눈을 감고 호흡에 집중합니다. 화면 안의 원이 커질 때 숨을 들이쉬고, 다시 작아지면 내쉽니다. 일 분 동안 같은 행동을 반복합니다. 어느새 마음이 차분해집니다. 사실, 명상할 때 기기는 굳이 필요 없습니다. 단지 마음의 여유가 없을 때 도와주는 용도일 뿐이죠.

매일 아침, 허리를 곧추세우고 앉아 호흡에 집중하며 명상을 해 보세요. 단 1분이라도 좋습니다. 물론 이 짧은 시간이 새로운 하루를 만들어 낼 수도 있답니다.

#아침1분이하루를만듭니다

"힘 빼세요."

처음 수영을 배울 때 가장 많이 듣는 이야기입니다. 아이러니하게도 물에 뜨기 위해서는 몸에 주었던 힘을 빼야 합니다. 가라앉는다는 두려움은 잠시 접어 둔 채, 평온한 마음을 먹다 보면 어느새 물에 떠 있는 모습을 발견하게 될 겁니다.

인생도 이와 다를 바 없지 않을까요. 일상에 긴장이 가득하다면 잠시 힘을 빼 보세요.

#잠시힘을빼는것도방법입니다

그들이 뭐라 하든지 신경 쓰지 않을 거야.
I don't care what they're going to say.

이제 내가 뭘 할 수 있는지 알아볼 시간이야.
It's time to see what I can do.

한계를 시험하고 뛰어넘겠어.
To test the limits and break through.

더는 내겐 옳고 그른 것도, 규칙도 없어.
No right, no wrong, no rules for me.

난 자유로워.
I'm free.

난 다시 돌아가지 않아, 과거는 과거일 뿐!
I'm never going back, the past is in the past!

- 겨울왕국 OST < Let It Go > 중에서 -

'이 사람이 정말 내 사람'인지는 어려운 상황에 처했을 때뿐만 아니라 좋은 일이 있을 때도 알 수 있습니다. 진심으로 응원해 주는 사람은 내가 잘됐을 때, 마치 자기 일처럼 기뻐해 줍니다.

그렇다면, 반대로도 생각해 보세요. 누군가의 좋은 소식을 알게 되었을 때 자신이 어떻게 행동했는지. 이미 친밀한 사이거나 더 친해지고 싶은 사람이라면 진심을 담아 축하해 주세요.

#내사람인지알수있는방법

자주 만나진 못하더라도 유난히 마음 가는 사람들이 있습니다. 이들과의 만남을 돌이켜보면, 서로가 솔직한 모습을 자연스럽게 드러냈던 것 같아요. 좋아 보일 수만 있는 이미지 따윈 홀러덩 벗어 버렸죠. 그러다 보니 사람과 사람의 만남이 되었답니다.

이 사람이다 싶으면, 솔직한 모습을 보여 주는 걸 두려워하지 마세요. 내 사람을 만나는 과정이 될 수도 있습니다.

#솔직함이관계를만듭니다

마리나 아브라모비치는 세계적인 행위예술가입니다. 그녀는 다양한 방식으로 퍼포먼스를 선보였는데, 그중에서도 2010년 뉴욕 현대미술관(MoMA)에서 열렸던 회고전(The Artist is Present)은 크게 회자될 정도였죠.

마리나는 회고전이 진행되는 80여 일의 기간 동안 매일 7시간 30분씩 낯선 한 명의 관람객과 서로의 눈을 응시하며 마주 앉아 있었습니다. 짧게는 1분에서 길게는 온종일까지, 대화는 없이 오로지 눈 맞춤만이 이뤄졌습니다. 그러던 어느 날, 한 남자가 앞에 앉았고 그를 바라본 그녀의 동공은 커졌습니다. 다소 놀란 그녀의 눈에서는 이내 눈물이 흐르기 시작했습니다. 바로 20여 년 만에 만난 예전 연인이었거든요. 이들은 눈물을 흘리며 약 1분 동안 서로를 바라보다, 두 손을 잠시 맞잡은 뒤 헤어집니다. 이 장면을 지켜본 관람객들은 짧은 시간이지만 많은 감정이 오고 갔다는 걸 알 수 있었습니다.

서로를 바라보는 눈빛만으로도 마음이 오고 갑니다. 사랑하는 사람이 있다면 따뜻한 눈빛을 건네주세요.

#눈빛만으로도마음이오고갑니다

친구를 만날 수 있는 방법이 점점 다양해지고 있습니다. 어릴 적엔 동네와 학교를 통해 만났다면, 나이를 먹을수록 취향과 가치관에 따라 새로운 관계가 형성되는 경우가 많습니다. 환경에 따른 선천적인 만남에서 성향이 맞는 후천적인 인연으로 범위가 넓어지는 셈입니다. 성향이 맞는 이들과 대화를 나누다 보면 함께 탑을 쌓는 것 같은 느낌이 들기도 합니다. 기대 이상으로 근사한 경험이에요.

#취향의공동체를찾아보세요

그거 알아? 물도 기억한다는 거?

Did you know that water has memory?

그거 알아? 우리가 벼락에 맞을 가능성이 6배나 더 많다는 거?

Did you know we are six times more likely to be struck by lightning?

그거 알아? 고릴라는 행복할 때 트림을 한다는 거?

Did you know gorillas burp when they're happy?

그거 알아? 우리는 하루에 눈을 4백만 번 깜빡인다는 거?

Did you know we blinked 4 million times a day?

너 그거 알아?

조용히 잔다고 해서 미치지 않는다는 거?

Did you know sleeping quietly on long journey prevents insanity?

- 영화 「겨울왕국2」 중에서 -

사람마다 자신의 모습을 보여 주는 속도가 다릅니다. 첫 만남부터 이야기가 술술 나오는 외향적인 사람이 있습니다. 적어도 몇 차례는 만나야 제대로 입을 열 수 있는 내향적인 사람이 있기도 합니다. 소개팅에서 누군가를 만나면 평균 세 번 정도 만남 후에 앞으로의 방향성이 결정된다고 합니다. 그래서 세 번의 법칙이란 말도 있죠. 외향성을 가진 사람은 기다리고, 내향적인 사람은 용기를 내는 중간 지점. 드러나진 않지만 서로에 대한 배려가 이미 시작되고 있었습니다.

#세번의법칙

사랑하는 사람과 살을 맞댄다는 건 정말 기분 좋은 일입니다. 손만 잡아도 행복한데, 하물며 온몸으로 체온을 나누는 기분은 어떨까요. 마음과 달리, 행동으로 잘 이어지지 않는 관계도 있습니다. 대표적으로 부모님이 있죠. 어색함을 무릅쓰고 먼저 안아 보세요. 차마 표현할 수 없는 따뜻한 기운이 마음 깊이 샘솟을 것입니다. 살을 맞대고 있는 당신의 부모님도 그럴 거예요. 기왕 매일 해 보는 건 어떨까요?

#하루한번씩은안아주세요

우린 함께 이 산에서 내려갈 수 있어.

We can head down this mountain together.

두려워하지 않아도 돼.

You don't have to be afraid.

우리가 함께하면 돼.

We can work this out together.

겁에 질리지 마.

Don't panic.

우린 태양 빛을 만들어 낼 거야.

We'll make the sunshine bright.

우린 함께 맞설 수 있어.

We can face this thing together.

우린 이 겨울을 바꿀 수 있어, 그럼 모두 좋아질 거야.

We can change this winter weather, and everything will be all right.

- 겨울왕국 OST < For the First Time in Forever > 중에서 -

044

음악과 함께
읽어 보세요!

Chapter 2

답답한 일상과는 이제 안녕

학교와 사회 어디서든 자신과 맞지 않는 사람과 지낼
때가 있습니다. 분명 나쁜 사람은 아닌 것 같은데 함께
있으면 에너지가 소모되곤 하죠. 그럴 때는 억지로 맞
춰 주면서 지낼 필요 없습니다. 사회적인 선만 지키면
됩니다. 사람 성향은 제각각이라 자신과 맞는 사람을
찾기도 쉽지 않거든요. 잘 맞는 사람들과 추억을 쌓기
에도 시간은 부족합니다.

#만남에도선택과집중이필요합니다

하루의 많은 시간을 타인의 삶을 살펴보는 데 사용하는 사람들이 있습니다. 온라인 속의 그들은 부러워할 만한 모습을 지니고 있어요. 여행을 자주 다니고, 맛집에서만 밥을 먹는 것 같기도 하죠. 하지만 그들도 다를 바 없는 사람입니다. 기본적으로 사람은 좋은 모습만을 보여 주려는 심리가 있기 때문이죠. 아마 그들도 누군가를 부러워하며 삶을 엿보는 데 많은 시간을 할애할 것입니다.

이 시간을 빠져나오는 방법은 단 한 가지예요. 스스로의 삶에 집중하세요. 자신만의 이야기를 만들어 나가세요.

#당신만의이야기를만들어보세요

화는 잘 참는 것 못지않게 잘 배출하는 것이 중요합니다. 사람이 품을 수 있는 화는 일정량의 법칙이 있어서 때때로 밖으로 내보내야 하거든요. 물론 다른 사람에게 피해를 끼치지 않는 자신만의 방법을 터득해야 합니다. 그런 의미에서 혼자만 있는 공간에서 배출해 보는 것도 하나의 방법이에요. 한번 따라해 보세요.

"이런 십장생이 신발을 신고 개나리 앞에서 세 끼를 먹고 있네?"

#십장생과신발과개나리와세끼 #일정량의화법칙

출근 날을 앞둔 직장인들의 마음은 대체로 싱숭생숭합니다. 월요병이라는 단어가 공연히 탄생한 것이 아니죠. 아무리 일의 만족도가 높은 사람이라도 노는 것보다 즐겁기는 쉽지 않을 겁니다. 어쨌든, 다가오는 출근은 피할 수 없습니다. 일은 해야 하니까요.

이런 상황에서 생각의 프레임 전환은 도움이 됐습니다. 회사원이었던 시절, 출근 전 새벽에 사내 헬스장에서 운동하는 걸 좋아했습니다. 월요일은 출근하는 날이 아닌 오히려 주말 동안 찌뿌둥해진 몸을 풀 수 있는 날이란 생각을 했죠. 생각의 프레임을 바꾸니 출근에 대한 부담감은 자연스레 줄어들었습니다. 프레임 전환은 의외로 간단합니다. 사소하더라도 좋아하는 것을 만들어 생각을 집중해 보세요.

#월요병을이기는방법

안 돼! 이런다고 많은 게 변하는 건 아냐! 안 그래?
No! This is not making much of a difference! Is it?

– 영화 「겨울왕국」 중에서 –

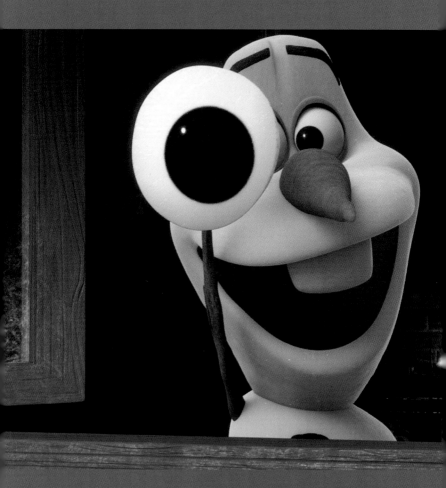

세상에 일방적인 단점은 없다고 생각합니다. 예민한 사람은 센스와 눈치를 겸비한 사람이기도 하고, 반대로 둔한 사람은 웬만한 상황에도 흔들리지 않는 튼튼한 멘탈의 주인공이기도 하죠.

사람의 다양한 모습은 어떻게 바라보느냐에 따라 매력이 달라집니다. 장점은 의외로 가까운 곳에서 발견할 수 있을지도 몰라요.

#장점은의외로가까운곳에서

익숙하지 않은 상황에 처하면 누구나 실수하기 마련입니다. 반대로, 실수했다는 사실은 익숙하지 않은 상황으로 나를 이끌었다는 의미이기도 하죠. 성장은 이런 작은 도전을 통해 이뤄집니다. 마치 아기가 걸음마를 배워나가는 단계와 같아요. 지금은 넘어져도 계속 응원해 준다면 언젠가는 두 발로 당당히 걷는 날이 옵니다. 다른 사람뿐만 아니라 자신의 실수에 대해 관대해지세요.

#실수는나의힘

몸과 마음이 엉망인 날이 있습니다. 일은 유난히 안 풀리고, 연락하는 사람들과는 사소한 일로 오해가 생기기도 합니다. 그러면서 자꾸 자책 하게 되죠. 나는 왜 이럴까, 하고요.

이럴 때일수록 스스로를 다독여 줘야 합니다. 오늘의 일은 이미 지났고, 어쨌든 내일의 해는 뜨니까요. 마음을 추스른 뒤 다시 잘하면 됩니다.

#그래도내일의해는뜹니다

할까 말까 고민될 때는 하세요.
하물며 경험은 실패를 통해서라도 가치가 있으니까요.
하지만, 말을 할까 말까 할 때는 조금 더 신중해지세요.
한 번 뱉은 말은 돌이킬 수 없습니다.

#할까말까고민될때는

철이 든다는 건 적응한다는 뜻이지.
너의 세상과 너의 위치가 혼란스럽겠지만
좀 더 성숙해진다면 모든 게 안심될 거야.

Growing up means adapting.
Puzzling out your world and your place!
When I'm more mature. I'll feel totally secure.

- 겨울왕국2 OST < When I Am Older > 중에서-

너무 두려운 순간에는 해결책이 보이지 않습니다. 그렇기 때문에 막연하게 '두려움을 이기세요'라는 조언은 피상적으로 들릴 수밖에 없어요. 그 순간 해야 하는 유일한 행동은 일단 침착해지려고 노력하는 것입니다.

#두려움을이기려고하지마세요

격렬하게 아무것도 하고 싶지 않은 날이 있습니다. 심지어 그런 날에는 평소에 좋아하던 것도 하기 싫어요. 그저 누워 있고만 싶죠. 그럴 땐 정말 아무 행동도 하지 마세요. 신기하게도, 몸이 주는 신호에는 언제나 이유가 있답니다.

#아무것도하고싶지않은날엔

애들아, 너희들한테 뭐 좀 물어볼게.

Hey, let me ask you.

사람들은 클수록 복잡해지는 머리를 어떻게 감당해?

How do you guys cope with the ever increasing
complexity of thought that comes with maturity?

– 영화 「겨울왕국2」 중에서 –

음악과 함께
읽어 보세요!

Chapter 3

———

무엇보다도 스스로에게 응원이 필요해요

평소에 우리는 건강의 소중함을 간과하기 마련입니다. 어느 한 부분이 아프고 나서야 비로소 깨닫게 되죠. 하물며 잠시 스쳐 지나가는 감기라도요. 그래서 아픈 곳이 없을 때의 내 몸을 아끼고 사랑하는 마음이 필요합니다. 마음껏 달릴 수 있고, 세상의 모든 향을 맡을 수 있으며, 그 어떤 음식도 소화할 수 있을 것 같은 지금의 내 몸을 사랑해 주세요.

#건강할때의내몸을사랑해주세요

" Look on the bright side."

디즈니 애니메이션이 오랫동안 사랑받는 이유는 고난과 역경을 긍정의 태도로 극복한 이야기가 짜임새 있게 담겼기 때문입니다. 시대를 관통하는 이야기에 대한 공감이 오랜 사랑을 이끌어 낸 것이죠. 실제로 긍정적인 마음가짐은 인생에서 중요한 역할을 합니다. 제2차 세계대전 당시 수용소에서 살아남은 사람들의 공통점도 목적의식과 긍정적인 마음가짐이라고 합니다. 쉽지 않겠지만, 어려운 상황일수록 밝은 면을 보려는 자세가 필요합니다. 결국은, 다 지나갑니다.

#Lookonthebrightside

누군가에게 힘이 되어 주고 싶을 때가 있습니다. 괜스레 위로하는 말이라도 건네야 할 것 같고, 때로는 어떻게 해야 할지 몰라 안절부절못하기도 합니다. 그럴 때는 일단 곁에 있어 주세요. 굳이 대화를 시도하지 않아도 됩니다. 시간이 지나 그가 말을 꺼내게 되면 진심을 담아 들어주세요. 그에게는 자신의 이야기를 들어주는 편이 있다는 사실만으로도 큰 힘이 될 겁니다.

#누군가에게힘이되어주고싶을때

받기만 했을 때는 잘 몰랐습니다.

사랑은 아낌없이 주려고 할 때 더 커진다는 사실을.

#지금까지받기만했다면

좋은 생각 있어?

Do you happen to have any ideas?

이제는 사랑이 뭔지도 모르겠어.

I don't even know what love is.

괜찮아, 내가 아니까…

That's okay, I do…

사랑이란… 다른 사람이 원하는 걸 네가 원하는 것보다 우선순위에 놓은 거야. 그런 거 있잖아, 크리스토프가 널 한스에게 데려다주고 영영 떠나버린 것처럼.

Love is… putting someone else's needs before yours, like, you know, how Kristoff brought you back here to Hans and left you forever.

- 영화 「겨울왕국」 중에서 -

만남이 있다면, 이별도 있습니다.
둘 다 피할 수 없어요.
이별이 있다면, 만남도 있습니다.
인연이라면 언젠가 다시 만나게 됩니다.
한없이 넓어 보이지만 때로는 좁기만 한 세상입니다.
스쳐 지나가는 사람에게도 좋은 인상을 남겨 주세요.
언제 어디서든 그만한 의미로 돌아올 겁니다.

#세상은넓고도좁습니다

유난히 생각 많은 사람들이 있습니다. 아무래도 선천적인 특성인지, 생각을 덜어내려 노력해도 도통 쉽지 않습니다. 생각을 떨치기 위해 생각을 하게 되는 일종의 뫼비우스의 띠에 갇힌 셈이죠. 이때 어떤 것에 몰두하는 시간은 도움이 될 수 있습니다. 대표적으로 운동이 있는데요. 집 밖으로 나가면 당장 할 수 있는 달리기로도 충분합니다. 20분만 투자해서 뛰어도 몸이 힘들기 때문에 생각할 틈이 사라집니다. 더불어 깊은 잠에도 도움되니 일거양득인 셈이죠. 뭘까 말까 '생각할' 시간에 일단 뛰어 보세요.

#생각을줄이고싶다면

말해 봐, 넌 나보다 어른이잖아.
Tell me, you are older enough to all-knowing.

세상에 영원한 건 없다는 사실에 힘들어 본 적 없어?
Do you ever worry about the notion that
nothing is permanent?

– 영화 「겨울왕국2」 중에서 –

애써 노력해서 만든 사회적 자아도 지칠 때가 있습니다.
때로는 밝은 모습만 보여 주는 것도 한계가 있으니까요.
그때 솔직한 모습을 보여 주는 걸 두려워하지 마세요.
당신의 편이라면 어떤 모습이든 따뜻하게 품어 줄 겁니다.

#솔직한모습을두려워하지마세요

세상에는 절대 공존할 수 없는 것들이 있습니다. 대표적으로 빛과 어둠이 있죠. 대신, 빛과 어둠은 서로를 돋보이는 역할을 합니다. 생일날 촛불을 켜기 전에 불을 끄는 이유, 불꽃놀이를 밤에 하는 이유, 밤에 별과 달을 바라보게 되는 이유 모두 같지 않을까요. 우리의 인생도 마찬가지입니다. 어둠의 시간은 누구에게나 찾아오지만, 그 뒤에 찾아올 빛은 무엇보다도 빛날 것입니다.

#해뜨기전새벽이가장어둡습니다

솔직함이 건강한 관계를 만듭니다.

고마운 마음,

아껴 주고 싶은 마음,

때로는 서운한 마음

모두 솔직하게 표현해 주세요.

비 온 뒤 땅이 더 단단해지듯, 관계 역시 그럴 겁니다.

#솔직함이건강한관계를만듭니다

언젠가 이별의 순간을 맞이했을 때 유독 아쉬움이 남는다면,
그건 받았던 사랑이 더 많았기 때문입니다. 더 잘할 걸, 하는
마음이 머릿속을 맴돕니다. 후회해도 늦었지만요.

언제든 어디서든 이별은 갑작스레 찾아옵니다. 더 늦기 전에
사랑을 주세요.

#아쉬움이덜한이별을위해서

조금 외로워지기도 해,

It gets a little lonely,

이런 텅 빈방에서 시간이 가는 것만 보고 있으니 말이야.

all these empty rooms, just watching the hours tick by.

다들 힘내라고 하고, 나도 그러려고 해.

They say "have courage", and I'm trying to.

우린 어떻게 해야만 해?

What are we gonna do?

- 겨울왕국 OST < Do You Want to Build a Snowman? > 중에서 -

음악과 함께
읽어 보세요!

Chapter 4

———

좋아하는 걸 마음껏 좋아하세요

나는 이제 행복한 눈사람이 될 거야!
I'll be a happy snowman!

- 겨울왕국 OST < In Summer > 중에서 -

술 한 잔 마시면서 책 읽는 걸 좋아합니다. 김밥은 보기 좋게 썰어진 것보다 한 줄을 통째로 잡아 뜯어먹는 게 맛있습니다. 때때로 사람들이 신기한 표정을 지으며 반문하지만, 좋아한다는 사실에는 변함없습니다.

사람마다 좋아하는 것이 다릅니다. 대부분의 사람들이 좋아하는 걸 좋아하는 사람이 있고, 그들과는 다른 시선을 가진 사람이 있습니다. 좋아하는 걸 계속 좋아하세요. 좋아하는 걸 마음껏 좋아할 수 있는 세상을 함께 만들어 봐요.

#좋아하는걸마음껏좋아하세요

113

운전하면서 어딘가에 갈 때, 샤워 부스에서 샤워할 때 그리고 집에 혼자 있을 때 종종 노래를 부릅니다. 음정은 제멋대로고, 가사는 대충 기억나는 대로 부릅니다. 특히 외국어 가사인 경우는 세상에 존재하지 않는 단어를 만들기도 하죠. 방정맞은 몸짓은 기본이고요. 그런데 이렇게 하면 꽤나 기분이 좋아집니다.

혼자 있을 때 노래를 불러 보세요. 좋아하는 노래가 있다면 그것부터 시작해 봅시다. 혹시 어떤 노래를 불러야 할지 고민된다고요? 일단 1인 2역으로 〈Love Is An Open Door〉를 불러 보세요!

#혼자있을때기분좋아지는방법

나의 인생은 앞에 놓인 계속되는 문 같았죠.
All my life has been a series of doors in my face.

그러다 어느 순간 당신을 마주쳤어요.
And then suddenly I bump into you.

삶은 더 좋아질 수 있어요.
Life can be so much more.

당신과 함께라서.
With you.

사랑은 열린 문이란 걸.
Love is an open door.

- 겨울왕국 OST < Love Is an Open Door > 중에서 -

자연이 내뿜는 향을 맡는 걸 좋아합니다. 걷다가 꽃집을 발견하면 괜스레 꽃향기를 맡으러 발걸음이 향하고, 비 오는 날에는 의도적으로 숨을 크게 들이쉬기도 합니다. 시골에 가면 종종 맡게 되는 그 향도 은근 반가워해요. 음, 이래야 시골이지 하면서요.

우리가 좋아하는 향수의 모티브는 대부분 자연입니다. 오죽하면 비, 튤립 같은 직관적인 네이밍을 가진 향수도 많죠. 결국, 자연의 향을 몸에 입히는 겁니다. 자연의 향기에 관심을 기울여 보세요. 일상에서 만날 수 있는 행복과 접점을 넓힐 수 있을 겁니다.

#자연의향기에관심을기울여보세요

매일같이 만나던 A와 B가 있었습니다. 어느 날은 평소처럼 만난 뒤 헤어지려는데, A가 B의 손목을 붙잡으며 아쉬워하는 목소리로 말했습니다.

"나 오늘 달라진 거 모르겠어…?"

"당연히 알고 있었지. 안 그래도 이야기하려고 했었어."

하지만, 끝내 달라진 점을 발견하지 못했습니다. A의 실망감은 더욱 커졌죠. 옹졸한 마음에 B도 이야기를 꺼냈습니다.

"나도 오늘 달라진 거 있을 텐데…?"

아무리 자주 만나도, 하물며 친밀한 사이라도 서로의 겉모습이 어떻게 달라졌는지 알아차리기 쉽지 않습니다. 생각보다 사람들은 다른 이들의 외모에 별로 신경 쓰지 않거든요. 혹시 알아챘다고 하더라도 사람을 향한 감정이 변하는 것은 아닙니다. 오늘따라 머리와 옷이 마음에 안 들 수 있고, 얼굴에 난 뾰루지가 신경 쓰일지도 모릅니다. 그렇다고 당신 자체가 변한 것은 아닙니다. 몇십 년간 축적된 시간이 당신을 만든 겁니다.

#오늘은오늘일뿐

정말이지, 오늘은 내 인생 최고의 날이야!

This is the best day of my life!

– 영화 「겨울왕국」 중에서 –

밤에 몇 시간을 자든, 점심 식사만 하면 잠이 오는 고약한 몸을 가지고 있습니다. 처음에는 잠을 깨기 위해 별의별 노력을 다했어요. 서서 일을 해 보는 것은 기본이고, 입에 넣으면 얼굴의 주름이 깊어지는 맛의 사탕을 먹어도 보고, 정 안 되겠다 싶으면 뺨을 때리기도 했죠. 그 결과, 최고의 해결 방법은 다른 게 아닌 바로 잠이었습니다. 단 10분만 자더라도 이후의 집중력은 그 어느 방법과도 차원이 다르더군요.

문제 해결 방법은 늘 간단합니다. 돌아갈 필요 없이, 본질을 해결하면 됩니다.

#문제해결방법은늘간단합니다

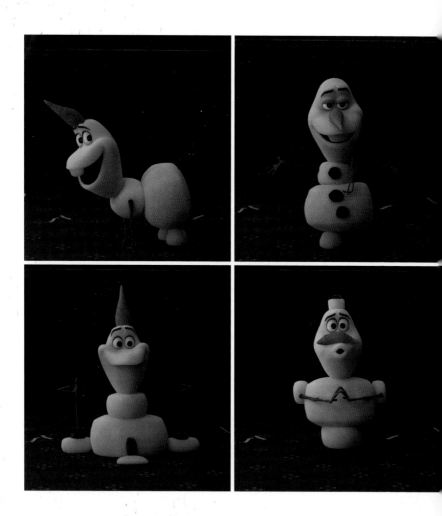

행복한 것도 내 모습, 우울한 것도 내 모습

웃는 것도 내 모습, 우는 것도 내 모습

함께 있고 싶은 것도 내 모습, 혼자 있고 싶은 것도 내 모습

하고 싶은 것이 많은 것도 내 모습, 아무것도 하기 싫은 것도 내 모습

네가 좋은 것도 내 모습, 싫은 것도 내 모습

어쩔 수 없지만 이해해 줄래요?

이 모든 게 다 내 모습이에요.

#그래도사랑해주세요

'몸이 정신을 지배한다.'

나이를 먹으면서 점점 깨닫는 진리입니다. 지금보다
어렸을 때는 어떤 음식도 소화할 수 있을 것 같았고,
밤새 놀아도 다음날 컨디션에 큰 지장이 없었습니다.
그런데 나이 앞자리 숫자가 바뀌더니, 갖췄던 능력들
이 점점 사라집니다. 몸의 컨디션이 정신에 영향을
미치고 일상을 휘두릅니다. 몸이 건강할수록 일, 놀
이 그리고 사랑 모두 잘하더라고요. 건강은 적금과도
비슷합니다. 일찍 챙길수록 쓸모가 커질 겁니다.

#나이를먹으면서깨닫는진리

'행복 = 소비 / 욕망'

노벨 경제학상 수상자인 폴 새뮤얼슨은 행복의 공식을 이렇게 정의
했습니다. 소비를 많이 할수록, 그리고 욕망을 덜어낼수록 행복의
크기가 크다는 것입니다. 우리가 초점을 잡아야 할 부분은 분모에
해당하는 욕망입니다. 아무래도 소비를 늘리는 것에는 한계가 있기
때문이죠. 하지만 욕망을 줄이는 건 도전해 볼 만합니다. 즉, 주어진
것에 만족하는 마음에서 행복은 시작됩니다.

#행복의공식

난 항상 나를 숨겨 왔어.

차가운 비밀들을 마음속 깊이 품고서.

너도 비밀이 있잖아.

하지만 숨기려 하지 않아도 돼.

난 더는 떨지 않아.

너를 보여 줘.

이제 네 차례야.

너의 힘 속으로 나아가.

너 자신을 던져.

새로운 세상으로.

I have always been a fortress.

Cold secrets deep inside.

You have secrets, too.

But you don't have to hide.

I'm no longer trembling.

Show yourself.

It's your turn.

Step into the power.

Throw yourself.

Into something new.

– 겨울왕국2 OST < Show Yourself > 중에서 –

133

사소하든 크든, 사람마다 각각 주어진 재능이 있습니다. 살면서 일찍 알아챈 사람이 있고, 오랜 여정 끝에 발견한 사람도 있습니다. 물론, 몰랐던 채로 세상을 떠나는 사람도 있습니다.

재능은 어떻게 사용하느냐에 따라 다릅니다. 세상을 따뜻하게 만들어 줄 수 있지만, 모든 것을 태워 버릴 수도 있죠. 당신에게 주어졌지만 당신만의 것이 아니기도 합니다. 재능을 알고 있다면, 조금 더 나은 세상을 만들기 위해 사용해 주세요.

#당신에게주어졌지만당신만의것이아닌것

옷을 잘 입으면 멋져 보입니다.
건강한 몸과 마음을 가지고 있으면
어떤 옷을 입어도 멋져 보입니다.

#어떤옷을입어도멋져보이는이유

Epilogue

❊ 정말 굉장해!

This is amazing!

안녕, 나는 올라프고 따스한 포옹을 좋아해.
Hi, I'm Olaf and I like warm hugs.

사랑해, 올라프.
I love you, Olaf.

- 영화 「겨울왕국」 중에서 -

절대 변하지 않는 것들이 있어.

맞잡은 우리의 두 손처럼.

늘 같은 것들이 있어.

서로를 아끼는 우리처럼.

무너지지 않을 오래된 돌담같이

언제나 진실한 게 있지.

절대 변하지 않는 건 말이야.

내가 널 아끼는 마음 같은 걸 거야.

Some things never change.

Like the feel of your hand in mine.

Some things stay the same.

Like how we get along just fine.

Like an old stone wall that'll never fall.

Some things are always true.

Some things never change.

Like how I'm holding on tight to you.

– 겨울왕국2 OST 〈 Some Things Never Change 〉 중에서 –

저기, 안나. 영원한 걸 생각해 봤어.

Hey, Anna. I just thought of one thing that's permanent.

그게 뭔데?

What's that?

사랑이야.

Love.

따뜻한 포옹?

Warm hugs?

난 따뜻한 포옹을 좋아해.

I like warm hugs.

사랑해.

I love you.

– 영화 「겨울왕국2」 중에서 –

그래도 잠시 숨을 고르고, 나아가는 거야.

이게 내가 유일하게 할 수 있는 일이니까.

But break it down to this next breath, this next step.

This next choice is one that I can make.

그러니 이 어둠을 헤쳐 나가자.

그리고 해야 할 일을 하는 거야.

So I'll walk through this night.

And do the next right thing.

– 겨울왕국2 OST < The Next Right Thing > 중에서 –

난 행복한 결말을 사랑해.
I love happy endings.

- 영화 「겨울왕국2」 중에서 -

네가 따뜻하다면, 나는 녹아도 좋아

발행인 김두영
저자 정인성
편곡 신기원
총괄이사 김정열
편집 손세안, 유제영 I **디자인** 강유진
마케팅 김경수, 함여경, 이은아, 손용우
제작 전성민, 김우식 I **경영지원** 윤순호, 이현주

발 행 일　2020년 6월 25일(1판 1쇄)
　　　　　　2021년 6월　1일(1판 2쇄)
발 행 처　삼호ETM (http://www.samhomusic.com)
　　　　　　경기도 파주시 문발로 175
　　　　　　마케팅기획부　　전화 1577-3588　　팩스 (031) 955-3599
　　　　　　콘텐츠기획개발부　전화 (031) 955-3589　팩스 (031) 955-3598
등 　 록　2009년 2월 12일 제321-2009-00027호

ISBN　　　978-89-6721-209-4

ⓒ2020, 삼호ETM
Copyrightⓒ2020 Disney Enterprises, Inc. All right reserved.

이 책의 한국어판 저작권은 월트 디즈니사와의 저작권 계약에 의해 삼호ETM에 있습니다.
저작권법에 의해 한국 내에서 보호를 받는 저작물이므로 무단전재와 무단복제를 금합니다.
본 출판물을 발행한 삼호ETM의 허락 없이는 어떠한 형태로든지 사용할 수 없습니다.
파본은 구입하신 곳에서 교환해 드립니다.